Edda Reschke

Mit Kindern gemeinsam stark werden

Ideen für Familie, Kindergarten und Grundschule

Mit Illustrationen von Eve Jacob

Lahn-Verlag

Inhalt

Inhalt

Einführung in das Thema

Hintergrund

Kindheit und Krisen

Kindheit ist leider nur in unseren Wünschen und Vorstellungen frei von Krisen, Enttäuschungen, Schmerzen, Ängsten, Verlusten und Problemen. Die Spannbreite an negativen Ereignissen, die Kinder erfahren können, ist groß: Unfälle, Armut, Krieg, Krankheiten, Behinderungen, Schmerzen, Tod, Verlustsituationen, ungünstige Familienverhältnisse, Gewalt, Missbrauch, Vernachlässigung, Mobbing und Ausgrenzung. Zudem erfahren Kinder entwicklungsbedingte Ängste und für sie beängstigende Situationen oder ihre Entwicklung wird durch übermäßigen Medienkonsum negativ beeinflusst.
Wie können wir Kinder auf Misserfolge, Stress- und Krisensituationen vorbereiten? Wie sie stärken? Wie können wir Kindern helfen, ihre Ängste zu überwinden? Wie auf die vielfältigen Herausforderungen des Alltags vorbereiten? Fragen, die sich Erziehende immer wieder stellen.

Welche Antworten gibt es?

Mögliche Antworten geben Erkenntnisse und Untersuchungen im Bereich der Resilienzforschung. Resilienz ist allgemein die Fähigkeit, erfolgreich mit belastenden Lebensumständen umzugehen – das Immunsystem unserer Psyche. Sie kann als eine psychische Widerstandsfähigkeit gegenüber biologischen, psychologischen und psychosozialen Entwicklungsrisiken beschrieben werden. „Resiliente" Menschen verfügen über Merkmale, die sie offensichtlich in Krisensituationen schützen.
Untersuchungen bestätigen, dass eine verständnisvolle zugewandte Umgebung, stabile soziale Kontakte, kindzentriertes, demokratisches Erziehungsverhalten, eine unterstützende, einfühlende Haltung und fachliche sowie therapeutische Unterstützung die schädigende Wirkung belastender Ereignisse abschwächend und ausgleichend beeinflussen können.

Resilienzförderung

Resilienzförderung beinhaltet individuelle und soziale Faktoren, die Kinder stärken können und sie in ihrer gesamten Persönlichkeitsentwicklung unterstützen.

Personale Faktoren

- Offenheit, Flexibilität/Aktivität
- Problemlösefähigkeit und Stressbewältigungskompetenzen
- Optimismus, Zuversicht
- Fähigkeit zur Selbstregulation
- realistisches Einschätzungsvermögen
- positives Selbstkonzept

Soziale Faktoren

Allgemein

- bedingungslose Liebe und Wertschätzung: Kinder befürchten negative Bewertungen oder Fehler nicht. Sie wissen, sie werden nicht wegen ihrer Leistungen geliebt und können sich unbeschwert neuen Möglichkeiten und Zielen ihrer Weiterentwicklung widmen.
- Kindern zu Erfolgen verhelfen und produktives Feedback geben
- kindzentrierte Selbstständigkeitserziehung
- soziale Fertigkeiten fördern
- Ermutigung zu positivem Denken
- Bedürfnisaufschub vermitteln

In der Familie

- stabile, emotional positive Beziehung zu mindestens einer Bezugsperson, die Autonomie und Vertrauen fördert
- offenes, wertschätzendes, kindzentriertes, unterstützendes Erziehungsklima
- Zusammenhalt, Stabilität, adäquate und konstruktive Kommunikation
- unterstützende Geschwisterbeziehung
- harmonisches Familienklima, harmonische Beziehung der Eltern
- religiöser Glaube in der Familie

Außerhalb der Familie

- kompetente, fürsorgliche Erwachsene (Verwandte, Bekannte, Freunde, Vereine, Erzieher, Lehrer)
- positive Freundschaftsbeziehungen
- wertschätzendes, kindzentriertes Klima in Bildungseinrichtungen
- Ressourcen auf kommunaler Ebene

In Kindertagesstätten und Bildungseinrichtungen

- Förderung eigener Begabungen, Fertigkeiten, Interessen, Hobbys, sozialer Fertigkeiten
- positives Lernklima, Sicherheit und Stabilität schaffen
- Möglichkeiten der Orientierung an anderen Kindern und Erwachsenen schaffen
- Kindern Verantwortung übergeben
- Bewältigungsmechanismen, emotionale- und problemorientierte Bewältigungsstile fördern
- Kinder unterstützen, sich Ziele zu setzen und zu erreichen
- Einstellung zum Bestmöglichen fördern
- effektiven Umgang mit Veränderungen fördern
- positive Rollenmodelle und Vorbilder anbieten

Mit Kindern gemeinsam stark werden

Kinder seelisch zu stärken bedeutet, ihnen bestimmte Verhaltensmuster und Erfahrungen zu vermitteln, mit deren Hilfe sie lernen, Krisensituationen zu bewältigen und belastende Alltagsanforderungen und Lebensbedingungen besser zu meistern. Kinder können lernen, regulierend auf ihre Lebenswelt einzuwirken, indem sie diese aktiv mitgestalten und mitkonstruieren. Das Buch enthält neben den wichtigsten Hintergrundinformationen zahlreiche Ideen und Angebote, die Kinder in ihrer Persönlichkeitsentwicklung fördern, sie stärken und selbstbewusst machen.

Literatur, die Kinder stark macht

Hintergrund

Lesen ist das Abenteuer der Kindheit

Frühkindliche Erfahrungen mit Literatur sind bedeutend für die gesamte Persönlichkeitsentwicklung. Sie sind eine Quelle der Bildung und des Wissens, ein Fenster zur äußeren und inneren Welt, ermöglichen Identifikation, Verarbeitungsmöglichkeiten und geben Rollenvorbilder. Sie lassen in der Fantasie Problemlösungen entstehen und geben einen schützenden Raum, sich Dinge aus der nötigen Distanz anzusehen. Literatur erweitert Horizonte. Kognitive, intellektuelle, emotionale und soziale Fähigkeiten werden gefördert. Besondere Bedeutung kommt der Sprachförderung zu. Sprachlich kompetente Kinder können besser Konflikte lösen und ihre Bedürfnisse und Bedenken äußern. Gute Kinderliteratur gibt Kindern Sprache, dort, wo es uns „die Sprache verschlägt". Vorlesen stärkt die emotionale Bindung und das Vertrauen zwischen Kindern und Bezugspersonen. Es stellt eine fürsorgliche Beziehung her, die geprägt ist von Nähe, einer eher ruhigen, aufmerksamen und zugewandten Atmosphäre. Nicht jede Familie besitzt (Bilder-)Bücher oder nutzt örtliche Bibliotheken, hier kommt Bildungseinrichtungen eine besondere Aufgabe zu.

Merkmale guter Kinderliteratur

Dies macht die Verantwortung deutlich, gute Literatur für Kinder auszuwählen. Um Kindern Lebenshilfe zu schenken, sollen Bücher und Geschichten psychisch stärkende und fördernde Aspekte enthalten.

Die Hauptfiguren und Identifikationsfiguren

- erreichen durch eigene Anstrengung, Überlegung und Inanspruchnahme berechtigter Hilfe ihr Ziel
- haben Durchhaltevermögen, übernehmen Verantwortung, lösen Probleme, nehmen Herausforderung an
- sind kreativ und fantasievoll in ihrer Lebensgestaltung
- geben bei Misserfolgen nicht auf
- handeln schließlich erfolgreich und zeigen in diesem Sinne ein Rollenmodell
- sind wie Kinder in der Rolle der angeblich „Kleinen oder Unwissenden“, in der schwächeren Position, und beweisen, dass auch „Kleine“ ganz „groß“ sind
- lernen, eine eigene Meinung zu haben, „Ja“ oder „Nein“ zu sagen
- haben resiliente Merkmale

Der Inhalt

- ist aus der Welt des Kindes, erzählt aus der Sicht des Kindes und seiner Gefühls- und Gedankenwelt
- entspricht dem Entwicklungsstand des Kindes
- lässt Raum für eigene Vorstellungen, Bedürfnisse und Fantasien
- hat emanzipatorischen Charakter, fördert Autonomie
- lässt Zusammenhang zwischen Handlung und Folge erkennen
- bietet Lösungen aus kindlicher Perspektive
- erzählt von möglichen Gefühlen
- beschreibt die kindliche Lebenswelt nicht nur als Idylle, sondern beleuchtet sie kritisch und stellt Probleme dar
- vermittelt Fähigkeiten, z. B. positiv zu denken, zu lachen, zu hoffen, dem Leben einen Sinn zu geben, aktiv zu handeln, um angebrachte Hilfe zu bitten, Beziehungen aufzubauen, sieht auch Gefühle der Wut und Trauer als Phasen des Lebens an

Lesehöhle

Die Lesehöhle ist ein kuscheliger, rundum durch Tücher abgetrennter Raum, der zum Betrachten von Bilderbüchern, zum Hören von Geschichten und zum Gespräch unter Kindern einlädt. Matratzen oder Sitzkissen, Kissen und Decken laden zum Kuscheln ein. Mit Tüll und Lichterketten oder Sternen aus Goldpapier lassen sich besondere Effekte erzielen. Die Tücher können an Wänden und Decke befestigt werden oder nach dem Prinzip eines Moskitonetzes. Dazu einen Gymnastikreifen aus Holz an einer Stelle durchsägen. Stoffbahnen mit einem ca. 5 cm breiten Saum versehen und diesen durch den Holzreif ziehen; die durchgesägte Stelle mit Klebeband fixieren. Der Reifen wird wie ein Moskitonetz an der Decke befestigt. Die Lesehöhle oder Märchendecke (Seite 11) kann auch ein Ort des Rückzuges sein, den Kinder brauchen.

Lesekoffer oder -rucksack

Die Idee des Leserucksacks stammt aus der Schweiz. Ein Koffer oder Rucksack wird mit Büchern bestückt und darf von Schulen für einen bestimmten Zeitraum benutzt werden. Mit dem Lesekoffer oder -rucksack können pädagogische Einrichtungen und Schulen mit Literatur versorgt werden. Kinder werden so zum Lesen und zur Beschäftigung mit Büchern angeregt. Inzwischen gibt es Bibliotheken, Buchhandlungen und Verlage, die solche Aktionen unterstützen (Adressen im Internet oder in Buchhandlungen erfragen).

Märchen als Lebenshilfe

- Mit ihrem magisch-mystischen Denken sind Kinder Märchen sehr nahe und verstehen intuitiv ihre Symbolsprache.
- Märchen beginnen in einer Krise und zeigen mögliche Wege aus der Krise heraus.
- Sie schildern psychische Prozesse des Menschen in einer Reifungsstufe oder bestimmten Lebenssituation.
- Märchen geben dem Unaussprechlichen Bilder und Worte.
- Märchenhelden gelangen zur Autonomie und besitzen resiliente Merkmale.
- Märchen fordern zu neuen Wegen auf und verhelfen zu kreativer Problemlösung.
- Märchen machen Mut; die Jüngsten und vermeintlich Schwachen siegen am Ende.
- Die Hoffnung der Märchenfiguren wird zur Hoffnung des Kindes. Durch Identifikation mit den Märchengestalten erfährt das Kind, dass es für Probleme Lösungen finden kann.
- Märchenfiguren personifizieren das Paradox – sie sind und sind doch nicht. Kinder sehen die Doppelfunktion, aber erleben Fantasie und Wirklichkeit als gleichwertig. In diesem Schutzraum von Sein und Nicht-Sein können sie sich den Themen des Lebens nähern.
- Kinder können in jede Rolle des Märchens schlüpfen, Fantasien (auch aggressive) ausleben, Grenzen auflösen, persönliche Abwehrmechanismen entfalten.
- Wird im Märchen gegen Ungeheuer gesiegt, erfahren Kinder, sie können „ungeheuerliche" Ängste besiegen. Das Märchen selbst löst keine Ängste aus, hilft aber, vorhandene und oft unbewusste Ängste zu bewältigen.
- Durch die Identifikation mit Märchenfiguren finden Kinder Antworten auf existenzielle Fragen.
- Märchen veranlassen zur Verarbeitung im Rollenspiel oder Malen.
- Kinder wollen Märchen immer wieder hören, bis sie mit ihrer Hilfe bestimmte Themen verarbeitet haben.
- Kinder brauchen Möglichkeiten, sich in ihrer Fantasie mit Bedrohungen und möglichen Lösungen auseinanderzusetzen.

Märchen- oder Traumdecke

Material: alte Bettlaken oder große Stoffbahnen, gelber Bastelfilz oder gelbe Märchenwolle und Material zum Trockenfilzen (Ausstechförmchen, Filznadeln), blaue Stofffarbe, Waschmaschine oder Töpfe und Herd für das Einfärben der Stoffe, Schere, Nadeln, Faden, Bügelvlies

Durchführung: Die Märchendecke besteht je nach gewünschter Größe aus einem oder mehreren Laken, die blau gefärbt werden. Am besten wird der Stoff in der Waschmaschine gefärbt. Befindet sich in der Einrichtung keine Waschmaschine, lädt vielleicht eine Mutter zum Färben ein. Die blaue Decke mit Sternen schmücken. Diese aus gelben Bastelfilz ausschneiden oder gelbe Sterne aus Märchenwolle trocken filzen.
Die Sterne werden mit Bügelvlies fixiert und dann mit einfachen Stichen von den Kindern aufgenäht. Zu der Decke können passende Kissen angefertigt werden.

Einsatz: Die Decke soll zu Hause, im Kindergarten oder der Schule etwas Besonderes sein. Sie kann zum Ritual werden, das Kindern zur Stille und Aufmerksamkeit verhilft. Wer auf dem Laken ist, darf von anderen nicht gestört werden. Auf der Decke können Kinder ausruhen, entspannen, Traumreisen und Stilleübungen machen, Märchen hören oder eine Auszeit vom Unterricht nehmen, bevor sie unaufmerksam werden.

Traumreise auf der Märchendecke

Die Laken auf dem Boden ausbreiten. Die Kinder legen sich in Sternenform (Kopf an Kopf) in einem Kreis auf die Decke und versuchen, die Augen zu schließen. Dies soll auf jeden Fall freiwillig geschehen.

L spricht:

Du liegst entspannt und fühlst deinen Atem.
Stell dir vor, du gehst mit den Sternen auf die Reise.
Vielleicht siehst du den Himmel,
vielleicht eine Landschaft.
Lass die Bilder an dir vorüberziehen,
sieh sie dir an.

Leise Musik kann eingespielt werden.

Komm langsam zurück,
fühl deinen Atem,
mache eine Faust und öffne sie wieder,
beginn dich zu recken,
zu strecken und zu gähnen,
setzt dich langsam auf
und komm dann zum Stehen.

Schluss: Die Kinder verlassen den Raum oder suchen sich einen Platz, um ein Bild zu malen. Stilleübungen und Traumreisen können die Fähigkeit, zu entspannen, zur Ruhe zu kommen und einfach mal „abzuschalten", fördern. Sie können Kindern in Krisen guttun. Es kann aber auch sein, dass ein Kind das Zur-Ruhe-Kommen nicht aushalten kann. Jedes Kind weiß, was ihm guttut. Stilleübungen sind ein Angebot, das ein Kind nutzen oder ablehnen kann.

Das Märchen vom süßen Brei

Es war einmal ein armes, frommes Mädchen, das lebte mit seiner Mutter allein und sie hatten nichts mehr zu essen. Da ging das Kind hinaus in den Wald *((Geräusche der Schritte des Mädchens mit den Füßen nachmachen, gleichmäßig und eher langsam))* und ihm begegnete da eine alte Frau *((vorbeugen und mit dem Zeigfinger heranlockende Bewegung machen))*, die wusste seinen Jammer schon und schenkte ihm ein Töpfchen *((pantomimisch mit den Händen die Übergabe des Töpfchens darstellen))*, zu dem sollt es sagen: „Töpfchen, koch", so kochte es guten süßen Hirsebrei, und wenn es sagte: „Töpfchen, steh", so hörte es wieder auf zu kochen. Das Mädchen brachte den Topf seiner Mutter heim *((Geräusche der Schritte des Mädchens mit den Füßen nachmachen, schnelle Schritte))* und nun waren sie ihrer Armut und ihres Hungers ledig und aßen süßen Brei, sooft sie wollten. Auf eine Zeit war das Mädchen ausgegangen *((Geräusche der Schritte des Mädchens mit den Füßen nachmachen))*, da sprach die Mutter: „Töpfchen, koch" *((Kinder sprechen lassen))*, da kocht es, und sie isst sich satt; nun will sie, dass das Töpfchen wieder aufhören soll, aber sie weiß das Wort nicht. Also kocht es fort und der Brei steigt über den Rand hinaus *((mit Händen das Überquellen andeuten))* und kocht immerzu, die Küche und das ganze Haus voll *((mit Händen das Überquellen andeuten))* und das zweite Haus und dann die Straße *((mit Armen das Ausmaß des Überquellens andeuten))*, als wollt es die ganze Welt satt machen, und ist die größte Not und kein Mensch weiß sich da zu helfen *((mit den Schultern zucken))*. Endlich, wie nur noch ein einziges Haus übrig ist, da kommt das Kind heim und spricht nur: „Töpfchen, steh" *((Kinder sprechen lassen))*, da steht es und hört auf zu kochen, und wer wieder in die Stadt wollte, der musste sich durchessen *((Essen nachahmen, schmatzende Geräusche))*.

Information:

- Mitmachmärchen (Verbindung von Hören, Sprechen und Bewegung) fördern die Konzentration und vertiefen den Text.
- Kinder nehmen aktiv am Märchen teil und beschäftigen sich intensiv damit.
- Weitere Märchen eignen sich als Mitmachmärchen, z.B. Dornröschen, Bremer Stadtmusikanten.

Rezept

Süßer Brei

Zutaten: 150 g Hirse, 300 ml Milch, 60 g Honig

Zubereitung: Hirse und Milch aufkochen,
im verschlossenen Topf bei geringer Hitze
15 Minuten quellen lassen,
dann den Honig unterrühren.

Gestalten

Kleisterköpfe für Märchenhandpuppen

Material: Zeitungen, Tapetenkleister, Eimer, kleine Wannen, Wasser, Pinsel, Acrylfarben, Klebstoff, Perlen, Zackenschere, Stoff- und Wollreste

Durchführung: Zeitungspapier 1–2 Stunden in heißem Wasser einweichen, dann ausdrücken, in kleine Fetzen reißen und in einem Gefäß sammeln. Nach und nach Kleister zugeben und gut durchkneten. (Die Masse darf nicht zu dünnflüssig werden.) Beim Modellieren des Kopfes an der Unterseite ein Papierröhrchen einführen. Zum Trocknen den Kopf auf einen Holzstab setzten und diesen in eine Flasche stellen. Nach etwa einer Woche kann der Kopf bemalt und beklebt werden. Für die Kleidung ein Quadrat mit einer Zackenschere ausschneiden und am Hals der Puppe befestigen.

Bilderbücher – dialogisches Vorlesen

Mit wenigen Kindern liest ein Erwachsener ein Bilderbuch vor, sodass alle Kinder die Bilder sehen können. Immer wieder hält der/die Vorlesende inne, damit die Kinder das Gehörte und Gesehene besprechen können. In solch entspannten Situationen erfahren Erwachsene vieles über das Denken und Fühlen der Kinder. Wenn Kinder über die Geschichte sprechen, erzählen sie auch etwas über sich. Dabei können sie ihre Gedanken und Gefühle ordnen und stabilisieren. Jedoch sollen Bücher und Geschichten nicht von Seiten der Erwachsenen analysiert werden. Ebenso wichtig ist es, sich einfach aus Freude und Spaß mit Geschichten zu befassen und diese als eine Auszeit zu verstehen.

Buchtipps

- Edith Schreiber-Wicke, Der Neinrich, Thienemann Verlag 2002

Inhalt: Es gibt viele Gelegenheiten, bei denen man „Nein" sagen muss, auch wenn das den Großen nicht gefällt. Der Neinrich, ein kleines, rotes Wesen, das Leo beim Malen vom Blatt hüpft, sagt Nein! Und er erzählt Leo noch von anderen Gelegenheiten, bei denen ein klares Nein wichtig ist.

- Edith Schreiber-Wicke, Der Rabe, der anders war, Thienemann Verlag 2000

Inhalt: Der Rabe hat ein Problem: Er ist anders als die anderen, nämlich bunt. Aus Angst, nicht akzeptiert zu werden, macht er sich auf eine Reise, um schließlich festzustellen: Es ist doch nicht schlimm, anders zu sein.

- Edith Schreiber-Wicke, Kai träumt Monster, Thienemann Verlag 2001

Inhalt: Mit einem Traumfreund an seiner Seite braucht Kai keine Angst vor den Alptraummonstern zu haben. Wie man einen Traumfreund bekommt, zeigt das Bilderbuch.

- Gilles Tibo, Maxi, der Schüchterne, NordSüd Verlag 2002

Inhalt: Maxi ist schüchtern. Wenn ihn jemand anspricht, wird er rot und verlegen. Dann bekommt er zum Geburtstag Tom, den tomatenroten Fisch, geschenkt. Maxi nimmt seinen Freund überall hin mit, auch in die Schule. Und er stellt glücklich fest, dass seine Schüchternheit verschwindet, wenn er von Tom erzählt.

Hintergrund

- Michal Snunit, Der Seelenvogel, Carlsen Verlag 1991

Inhalt: Das Buch beschreibt, dass Gefühle zu uns gehören und ihre Berechtigung haben. Es hilft vor allem, auch Gefühle wie Wut oder Trauer als Teil von uns anzunehmen.

- Antonie Schneider und Maja Dusikova, Leb wohl, Chaja, NordSüd Verlag 1998

Inhalt: Das Buch macht auf einfühlsame Weise mit Sterben und Abschiednehmen vertraut. Chaja, der Kanarienvogel, stirbt, die Kinder sind sehr traurig und denken zusammen mit ihrer Oma über das Sterben nach.

- Astrid Lindgren, Polly hilft der Großmutter, Verlag Friedrich Oetinger 1959

Inhalt: Pollys Großmutter verletzt sich ein Bein. Wer soll nun die vielen Bonbons auf dem Weihnachtsmarkt verkaufen? Wer soll den Weihnachtskuchen backen, die Weihnachtsgeschenke einkaufen und das Haus weihnachtsfein machen? „Das mache ich“, sagt Polly.

- Für alle Kinder – Die Rechte des Kindes in Wort und Bild, Lahn-Verlag GmbH 2002

Inhalt: Wo immer wir leben, wer immer wir sind: Diese Rechte haben alle Kinder.

- Christine Nöstlinger, Leon Pirat, Beltz & Gelberg 2006

Inhalt: Endlich darf Leon an Bord des Piratenschiffes gehen, denn er misst über einen Meter. Sein Papa ist ein gefürchteter Piratenkapitän und führt ein strenges Regiment. Doch Leon denkt überhaupt nicht daran, in Papas traditionelle Fußstapfen zu treten. Er will Koch werden.

- Manjula Padmanabhan, Ich bin einmalig! Kannst du mich finden?, Fischer Schatzinsel

Ein Suchbilderbuch, das anregt, über Gleichheit und Verschiedenheit nachzudenken.

- Martin Baltscheit und Christine Schwarz, Ich bin für mich, Bajazzo-Verlag 2005

Inhalt: Eine Maus tritt gegen einen Löwen im Wahlkampf an. Eine spannende und amüsante Geschichte über das Prinzip demokratischer Wahlen.

- Katrin Lauer und Anette Bley, Das kummervolle Kuscheltier, ars edition

Inhalt: Ein Bilderbuch über sexuellen Missbrauch.

- Cornelia Funke, Der wildeste Bruder der Welt, Verlag Friedrich Oetinger

Inhalt: Wenn Ben morgens aufwacht, ist er oft ein wilder Wolf oder ein Ritter. Schließlich muss er seine große Schwester vor bösen Monstern und Mädchenräubern beschützen! Doch am Abend und in der Nacht findet Ben es ganz wunderbar, dass er eine große starke Schwester hat.

- Sabine Jörg, Der Ernst des Lebens, Thienemann Verlag 1993

Inhalt: Der „Ernst des Lebens“ bekommt eine sympathische Gestalt und entlastet Kinder auf humorvolle Weise von ihren Ängsten.

Angebote zu den Bilderbüchern

Der Neinrich

Gestalten: Handpuppe – Wie sieht mein Neinrich aus?

Material: zwei Rechtecke roter Bastelfilz, bunte Filzreste zum Gestalten der Figur, Perlen oder Wackelaugen, Wollreste, Faden, Schere, Nähnadel

Durchführung: Die Rechtecke mit einfachen Stichen zusammennähen, unten eine Öffnung für die Hand lassen und die Figur nach Fantasie ausgestalten.

Der Seelenvogel

Gestalten: Fantasie-Seelenvogel

Material: Tonpapier, evtl. Schablone für Seelenvogel, Farbe, Klebstoff, Stoff- und Wollreste, Federn, Perlen, Pailletten, Glitzer

Durchführung: Die Umrisse des Vogels auf Tonpapier malen und den Vogel fantasievoll bemalen und bekleben.

Polly hilft der Großmutter

Rezept: selbst gemachte Sahnebonbons

Zutaten: 1 l Sahne, 2 EL Butter, 250 g Zucker

Durchführung: Backblech mit Butter einfetten. Sahne im Topf erhitzen, die Butter und dann den Zucker einrühren. Unter Rühren kochen, bis sich die Masse vom Topf löst. Die Masse sofort auf das Blech gießen, etwas flach streichen und erstarren lassen. Bevor die Masse fest wird, in kleine Stücke schneiden.

Bewegte Spiele und Übungen

Aktion

Spiele / Stoppspiele

Wohin mit meiner Wut?

Mit schrecklichen Grimmassen beginnt das Spiel: knurren und drohen wie ein Löwe. L spielt es dem Kind vor. Der Unterkiefer schiebt sich drohend nach vorne, die Stimme wird knurrend laut oder zischt gefährlich wie eine Schlange.

Ich bin die Königin / der König

Die Königin/der König hat einen besonderen Stuhl/Thron.
Ein Kind darf sich auf diesen Stuhl setzen und die anderen bilden einen Kreis. Der Stuhl steht in der Mitte. Die Kinder sprechen das sitzende Kind direkt mit Namen an und haben Blickkontakt, dabei sagen sie ihm etwas Positives. Die Reihenfolge wird nicht festgelegt, Wortbeiträge dürfen sich wiederholen. Jedes Kind hat die Möglichkeit zu mehreren Aussagen. Erst wenn das Kind den Kreis verlässt, kann es sagen, wie es sich fühlt. (Der Königin oder dem König eine gebastelte Krone aufsetzen.)

Kettenreaktion

Die Hände zweier Mitspieler werden mit einer Schnur (40 cm) zusammengebunden und jede Bewegung ruft eine Kettenreaktion hervor.

Fledermaus

Um ein Kind mit verbundenen Augen, die Fledermaus, bilden andere Kinder einen engen Kreis. Die Fledermaus beginnt durch den Raum zu gehen. Bewegt sie sich auf ein Kind im Kreis zu, zischt dieses leise. Der Kreis ist das Radarsystem der Fledermaus, er bewegt sich mit ihr durch den Raum und beschützt sie. Das Tempo richtet sich nach dem Vertrauen der Fledermaus.

Bist du das Gespenst?

Alle versuchen, mit geschlossenen Augen durch den Raum zu gehen. Zuvor wird festgelegt, wer das Gespenst ist. Tastend treffen die Kinder auf andere und fragen: „Bist du das Gespenst?“ Bei „Nein“ gehen beide Kinder weiter. Antwortet das gefragte Kind nicht, ist es das Gespenst. Das fragende Kind schließt sich dann an das Gespenst bzw. an der Schlange an. Keines der Kinder in der Schlange darf sprechen! Das Spiel endet, wenn alle in der Schlange sind.

Blinde Figuren

Zwei bis vier Mitspieler versuchen, mit einem Seil ein Viereck, einen Kreis oder ein Dreieck zu legen. Ihre Augen sind dabei verbunden.

Der Bär kommt

In einer Ecke des Raumes (auf einer Matte) sitzt der Bär. In der anderen liegen Rettungsinseln (Matten). Die Kinder necken den Bären, bis dieser ruft: „Der Bär kommt.“ Er fängt die Kinder, die auf die Rettungsinsel möchten. Wer übrig geblieben ist, spielt dann den Bären.

Spielvariante: Der Bär gibt eine Fortbewegungsart vor.
Statt eines Bären kann auch ein Ungeheuer oder eine Hexe der Fänger sein.

Ballonspiel

Sechs Spieler bilden einen Kreis und fassen sich an den Händen. Gemeinsam versuchen sie, einen Luftballon in der Luft zu halten. Die Hände dürfen sie nicht loslassen. Jede Berührung bekommt einen Punkt. Fällt der Ballon auf den Boden oder geht der Kreis auseinander, ist die Spielrunde beendet.

Körperbauwerke

Die Kinder bewegen sich durch den Raum. Auf ein akustisches Signal treffen sie sich in einer zuvor festgelegten Gruppe (4–8 Kinder) und bauen ein Körperkunstwerk nach einem Auftrag.
Beispiele: Nur eine bestimmte Anzahl Körperteile darf den Boden berühren (drei Hände und fünf Füße) oder mindestens einer der Gruppe muss auf dem Boden liegen, drei Kinder sitzen auf dem Boden, aber nur drei Füße dürfen den Boden berühren.

Musikstoppspiele

Anmerkung: Positiver Umgang mit Gefühlen lebt in der Spannung von dem Ausleben der Gefühle bis hin zum Erlernen, Impulsivität und Unbeherrschtheit in den Griff zu bekommen. Letzteres wird bei Stoppspielen spielerisch erfahren.

Bei Musikstoppspielen laufen die Kinder zur Musik durch den Raum, stoppt die Musik, müssen alle einer besprochenen Anweisung folgen. Sie bleiben wie angewurzelt stehen, springen schnell zum roten Ball, aufs gelbe Tuch oder in einen Reifen.
Der linke Daumen geht zur Nase, der rechte Fuß zum Knie oder die Hand liegt auf dem Kopf. Alle berühren mit einem Fuß eine Wand, mit dem Rücken oder dem Po.
Alle geben sich die Hände oder finden sich in Gruppen zu zweit oder zu dritt zusammen. Berühren ihren Nachbarn mit dem Zeigefinger, lachen ihn an oder bringen ihn zum Lachen.

1 Engel, 2 Engel, 3 Engel

Die Kinder laufen zur Musik. Je nachdem, ob 1, 2 oder 3 Engel gerufen wird, stellen sie sich alleine oder in Gruppen zusammen.

Spielvariante mit Chiffontüchern:
Jedes Kind bekommt ein Tuch.
Es suchen sich jeweils die roten, gelben, blauen Engel.

Gemeinschaft macht stark

Hintergrund

Erfahrung von Gemeinschaft

Starke Kinder – das bedeutet nicht, wir erziehen rücksichtslose Individualisten. Um stark zu sein, brauche ich Gemeinschaft und muss mich an ihren Umgangsformen und Spielregeln beteiligen. Starke Kinder besitzen Lebenskompetenzen, die sie im Miteinander erwerben können. Gemeinschaftserfahrungen sind eine notwendige Grundlage kindlicher Persönlichkeitsentwicklung, führen vom Ich zum Du, lassen sich selbst und andere entdecken. Sie geben Raum für individuelle und kollektive Entwicklungen, bieten Möglichkeiten zur Entfaltung und Identifikation, vermitteln Kultur, Rollenmodelle, soziale und emotionale Kompetenzen. Sie lassen notwendige Abgrenzung und Dazugehörigkeit erfahren. In der Gemeinschaft kann sich der Einzelne getragen und stark fühlen, sich in ihr als Individuum entdecken. Das Gefühl der Gemeinschaft gibt Halt, Zuversicht und stärkt: Klassen-, Gruppen-, Klicken-, Glaubens-, Fest-, Tisch- und Trauergemeinschaft.

Feste festigen

Feste feiern, ob in Familie, Kita oder Schule, zählt zu den Kindheitserfahrungen, die Kinder in ihrer Entwicklung stärken. Feste festigen Gemeinschaft und Individuum. Soziologisch gesehen sind sie gemeinschaftsstiftend und gemeinschaftserhaltend. Sie verbinden Vertraute, Fremde und Generationen. Sie bringen Menschen zusammen, um miteinander zu handeln, zu reden, zu singen, zu tanzen, zu musizieren, zu lachen, zu weinen oder zu essen. Dabei ist gerade die Tischgemeinschaft Ort der Kommunikation, Treffpunkt und Identität (Kultur, Lebensgemeinschaft). Hier können Freud und Leid geteilt und getragen werden. Das gemeinsame Mahl sättigt den Magen und die Seele. Und nicht umsonst heißt es: „Liebe geht durch den Magen."

Das letzte Abendmahl

Jesus und seine Jünger und Jüngerinnen waren in Jerusalem. Das Paschafest stand bevor. Jesus bat Petrus und Johannes: „Geht in die Stadt und bereitet das Paschamahl vor, damit wir gemeinsam essen können!" Zu diesem besonderen Fest gibt es ein besonderes Mahl: Ungesäuertes Brot, Wein, Lammfleisch und Bitterkräuter gehören dazu.

Jesus setzte sich mit seinen Jüngern an den Tisch und sprach: „Ich habe mich sehr danach gesehnt, diese Paschamahl mit euch zu essen, bevor ich leiden und sterben werde. Es wird mein letztes Fest mit euch auf der Erde sein!" Dann nahm er den Wein und sagte: „Nehmt den Wein und verteilt ihn untereinander!"

Er nahm das Brot und betete, brach und teilte es mit ihnen. Dabei sagte er: „Das ist mein Leib, der für euch hingegeben wird. Tut dies zu meinem Gedächtnis!"

Nach Lukas 22,7–19

Anregungen:

- Die Kinder malen ein Bild zur Abendmahlsgeschichte. Anschließend werden Bilder von Künstlern angesehen, z. B. Das letzte Abendmahl von Leonardo da Vinci oder von Miren Sorne Gomez.
- Kunstdrucke auf Karton kleben und als Puzzle schneiden.

Guter Gott,
wir danken für das Brot.
Das Brot wird aus vielen, verschiedenen Körnern gebacken.
Du lädst uns alle zu dir ein, so verschieden wir auch sind.
Amen.

Lieber Gott,
du lädst uns alle ein an deinen Tisch:
Kleine und Große, Dicke und Dünne,
Fröhliche und Traurige, Kranke und Gesunde,
Laute und Stille, Wütende und Gutgelaunte.
Alle dürfen kommen. Wir danken dir dafür.
Amen.

Wir tragen zum Altar das Brot

2. Wir tragen zum Altar den Wein.
   Segne ihn, Herr, segne den Wein.
   Wir stehn vor dir mit unserm Wein.
   Segne uns, guter Gott!

3. So stehn wir hier vor dem Altar.
   Segne uns, Herr, segne uns, Gott!
   Wir stehn vor dir vor dem Altar.
   Segne uns, guter Gott!

Text: *Rolf Krenzer*
Musik: *Robert Haas*

Rezept

Brot

Zutaten: 250 g Mehl, 15 g Hefe, 160 ml lauwarmes Wasser, ½ TL Salz

Durchführung: Alle Zutaten zu einem Teig verkneten, an einem warmen Ort gehen lassen, Brot formen, nochmals gehen lassen. Den Ofen vorheizen und das Brot bei 180–200 Grad ca. 30–40 Minuten backen.

Geschichte

Erinnerung an Opa

Information: Die Geschichte ist für Kinder und Erwachsene. Sie beinhaltet, Leid, Trauer und Verlust in der Gemeinschaft bzw. Tischgemeinschaft zu teilen.

Anne ist sehr traurig – Opa ist gestorben. Heute ist die Beerdigung. Anne beschließt, ein Kleid anzuziehen, das Opa besonders gut gefallen hat. Gemeinsam mit Mama, Papa, ihrem Bruder Tim, vielen Tanten, Onkels, Cousinen und Cousins, Freunden und Bekannten treffen sie sich auf dem Friedhof, um Opa zu beerdigen. Opas Sarg ist sehr schön mit Blumen geschmückt und wird dann ins Grab gelassen. Anne muss schrecklich weinen. Sie ist sehr traurig, es tut so weh! Sie merkt, dass die anderen auch weinen und traurig sind.
Nach der Beerdigung treffen sich alle im Gemeindesaal der Kirche. Sie sitzen an einem großen Tisch und für alle gibt es Essen und Trinken. Anne hat einen Kloß im Hals, essen kann sie jetzt nicht. Doch nach einer Weile bekommt sie doch Hunger und alle essen und trinken gemeinsam.
Dabei denken sie an Opa, manchmal müssen sie weinen und manchmal müssen sie auch lachen, denn es gibt viele schöne Erinnerungen an Opa. Anne denkt, falls Opa das sehen könnte, würde er sich bestimmt freuen, dass wir alle hier zusammen sind, essen und trinken, lachen und weinen und an ihn denken.
An diesem Abend schläft Anne bei Mama und Papa. Bevor sie einschlafen, sprechen sie ein Gebet für Opa.

Edda Reschke

Fotosammlung

Die Kinder bringen von zu Hause (Absprache mit Eltern treffen) Fotos von Familienfeiern mit. Eine Collage, ein Fotobuch daraus gestalten oder die Fotos in einem Karteikasten aufbewahren. Jedes Kind kann von seinen Traditionen, seiner Familie und Kultur berichten.

Der gemeinsame Schritt

Gruppen von 4–8 Kindern bilden. Diese stellen sich in einer Reihe auf. Auf ein Signal hin machen sie gemeinsam und gleichzeitig einen großen Schritt nach vorne. Je größer die Gruppe, desto schwieriger ist die Aktion. Hilfe: Am Boden Klebestreifen als Markierung anbringen.

Gestalten

Gruppenmandala

Gruppen von 3–4 Kindern bilden. Jede Gruppe erhält ein Mandala, welches sie gemeinsam ausmalen. Anschließend wird das Mandala der Gruppe angepriesen, z. B. in der Art, wie es ein Marktverkäufer tun würde.
Tipp: Die gleiche Vorlage für alle Gruppen verdeutlicht, wie vielfältig Ergebnisse sein können.

Körperübung

Weben mit dem ganzen Körper

Material: Trikotstreifen oder Seile, Webfaden

Durchführung: Die Kinder teilen sich in zwei Gruppen auf, jeweils ein Kind daraus bildet den Schussfaden. Die Gruppen stehen sich in zwei Reihen gegenüber. Jeweils zwei gegenüberstehende Kinder halten einen Kettfaden. Die Gruppe muss darauf achten, dass die Abstände etwa gleich sind und die Kettfäden gespannt. Das Kind mit dem Schussfaden steht an einer Längsseite. Sein Webfaden ist aufgewickelt. Das Kind hält ihn in der Hand und beginnt zu laufen, wie beim Weben über und unter den Kettfäden her. Auf der anderen Seite angelangt, geht es entsprechend wieder zurück. Nach ein oder zwei Durchgängen tauscht das Kind mit einem Kind, welches einen Kettfaden hält. Diesen Vorgang wiederholen, sodass jedes Kind einmal Kett- und Schussfaden war.

Gruppenarbeit

Wir schaffen das

Maximal fünf Kinder bekommen einen (entwicklungsgemäßen) Auftrag, den sie eigenverantwortlich durchführen müssen. Beispiel: Malt von euch allen ein Bild, erfindet ein Theaterstück und spielt es der Gruppe vor, plant eine Spielstunde, bastelt oder baut gemeinsam etwas, backt einen Kuchen.
Die Erzieher oder Lehrer dokumentieren die Prozesse mit Fotos und Reflexionsgespräch: Wie seid ihr vorgegangen? Wer hat die Ideen bestimmt? Wer hat was getan? Gab es einen „Anführer“? Was klappte gut? Was klappte nicht gut? Hat Material/Werkzeug gefehlt? Hättet ihr das alles auch alleine machen können? Was hat jeder gelernt?

Mitwirkung und Teilhabe

Hintergrund

Kinder als gleichwertige Partner

Mitwirkung und Teilhabe

- heißt Mitbestimmung, Einbeziehung/Einflussnahme in Entscheidungsprozesse, Förderung demokratischer/problemlösender Kompetenzen
- stärkt Kinder, fördert Vertrauen in eigene Fähigkeiten, Selbstwert und Wertschätzung
- bedeutet: Kinder sind gleichwertige, kompetente Partner, Kinder respektieren, ernst nehmen, wertschätzen
- kann nicht gelehrt, nur erfahren werden
- braucht Zeit und Dialog (von Seiten der Kinder und Erwachsenen), wahrnehmende Beobachtung, Perspektivenwechsel, kollegialen Austausch, Elterngespräche
- schließt Erfolg und Misserfolg als Lernprozess ein
- ist abhängig vom Entwicklungsstand (z. B. alleine über die Straße gehen, bedarf bestimmter körperlicher und kognitiver Entwicklungen), wird geprägt von Rahmenbedingungen (z. B. Institutionen)

Kinder-Kunstwand

Im Eingangsbereich (Kita/Schule) werden Werke der Kinder ausgestellt. Günstig wären eine Galerieschiene, Wechselbilderrahmen und Passepartouts. Aber auch preiswertere Mittel, beispielsweise die Bilder auf Tonpapier befestigen oder mit Klammern an einer Wäscheleine aufhängen, sind möglich. Die Kinder selbst hängen ihre Bilder auf oder wechseln sie aus. Mehrdimensionales kann in Regalen oder Vitrinen ausgestellt werden.

Spinnennetz

Material: ein Knäuel Wolle oder Schnur

Durchführung: Im Sitzkreis wird das Knäuel einander zugeworfen. Wer das Knäuel fängt, beantwortet eine zuvor festgelegte Frage (Was spielst, isst, machst du gerne? Was wünschst du dir zu deinem Geburtstag? Was hat dir in der Turnstunde gefallen/nicht gefallen?).
Zum Schluss das entstandene Spinnennetz in den Händen halten und betrachten.

Tipp: Die Übung häufiger durchführen und das Spinnennetz fotografieren. Die Kinder werden feststellen, dass sich das Muster verändern kann. Ebenso ist Gemeinschaft ein dynamischer Prozess.

Abstimmen

Lerninhalte: Wertschätzung der eigenen Meinung und Person, nachdenken, entscheiden, demokratische Verhaltensweisen, etwas mitbestimmen und gestalten können.
Bereits im Kindergarten können Kinder abstimmen und demokratische Erfahrungen machen. Sie brauchen dazu greifbares, sichtbares Material:

- Steine – Abstimmungsergebnis sichtbar hinlegen
- verschiedenfarbige Murmeln (jede Farbe eine Meinung) – Ergebnis in Gläser füllen
- verschiedenfarbige, lange Schnüre aufhängen – durch einen Knoten abstimmen

Bewegungsspiel

Ich bin der Meinung, dass …

Vorbereitung: Im Raum werden mindestens zwei Spielfelder markiert und festgelegt (durch Klebeband, mit Reifen, farbigen Tüchern oder Matten).

Durchführung: Die Kinder stehen im Kreis und es werden Fragen gestellt. Beispiele: Findest du mit dem Bus fahren oder mit dem Zug fahren schöner? Die Kinder überlegen ihre Antwort. Wer Busfahren schöner findet, geht in das Spielfeld mit den blauen Tüchern, wer Zugfahren schöner findet, der geht in das Feld mit den roten Tüchern. (Es können zusätzlich Bewegungsarten vorgeschrieben werden.) Alle treffen sich wieder im Kreis und die nächste Frage kann gestellt werden.

Aus der Bibel

Die Segnung der Kinder

Eine Geschichte von Wertschätzung und Respekt: Jesus wollte allen Menschen das Wort Gottes verkünden. Er zog durch das Land und viele Menschen kamen zu ihm, wollten ihn hören und sehen. Sie brachten auch Kinder zu ihm. Er sollte sie segnen. Einigen Jüngern gefiel das nicht so recht. Sie dachten: Die Kinder werden bestimmt nur stören, herumtoben und Krach machen. Aber Jesus rief diese Jünger zu sich und sagte: Lasst die Kinder zu mir kommen und verbietet es ihnen nicht! Ich sage euch: Ihr müsst werden wie die Kinder. Wer so an Gott glauben kann wie Kinder, dem gehört das Himmelreich.

Nach Lukas 18,15–17

Aktion

Fotosammlung

Die Kinder bringen ein Foto von sich mit, das zeigt, was sie schon richtig gut können (schwimmen, Rad fahren, kochen helfen u. a.).

Einmalig-Lied

Text und Musik: *Winfried Radeke*

2. Du bist du …
3. Er ist er …
4. Sie ist sie …
5. Wir sind wir und das ist richtig:
   wir sind einmalig,
   zusammen sind wir noch mehr
   wichtig …

Gefühle äußern

Hintergrund

Umgang mit Gefühlen

Ernstnehmen der kindlichen Gefühlswelt zählt zur Basis einer gesunden seelischen Entwicklung. Neben einer verstehenden und wertschätzenden Haltung unterstützen spielerische und kreative Angebote den Umgang mit Gefühlen. Eine besondere Bedeutung hat hierbei das freie (Rollen-)spiel der Kinder. Im Schutzraum des Spielens kann alles gelebt und in der Fantasie ausprobiert werden, das Kind kann sogar selbst zum gefährlichen Ungeheuer oder zur bedrohlichen Hexe werden. Man kann dem freien Spiel eine „natürliche psychotherapeutische Wirkung" nachsagen. In ihm kann sich das Kind Problemen stellen, Lösungen suchen und Gefühle aller Art verarbeiten. Wie das Märchen bietet das Rollenspiel die Möglichkeit, mit dem Paradox zu spielen: „Ich bin es und bin es doch nicht." Kinder brauchen genügend Raum und Utensilien (z. B. eine Verkleidungskiste) für das freie Rollenspiel.

Gestalten

Schreckliche Ungeheuer

Wer kann das schrecklichste, ungeheuerlichste Ungeheuer malen? Als Malgrund großen weißen Fotokarton, Gouache- oder Künstlerfarben, Pinsel. Vorteilhaft wäre es, wenn die Kinder im Stehen malen könnten (Staffelei, an abgedeckter Wand/Ausdrucksmalen). Die Bilder ausstellen und/oder als Anlass zu Rollenspielen nehmen.

Gute Nacht

Übergänge, auch der von Tag und Nacht, können mit Ängsten verbunden sein.
Zu den abendlichen Ritualen, die Kindern Sicherheit schenken,
zählt auch das Gute-Nacht-Gebet.

Lieber Gott,
Der Tag ist vorbei.
Ich habe gelacht, geweint, getobt, gespielt und vieles mehr.
Von draußen kommt die Nacht nun her.
Schicke mir gute Träume, lass mich ruhen und stille sein.
Schenk uns deinen Frieden in unser Herz hinein.
Amen.

Spiel

Sternen-Suchspiel

Material: fluoreszierendes Nachtleuchtpapier, Schere, Karton, Klebestift

Vorbereitung: Für das Spiel werden aus dem Nachtleuchtpapier Sterne ausgeschnitten und durch Aufkleben auf Karton stabilisiert. Der Raum wird abgedunkelt, aber zunächst ist das Licht an.

Durchführung: Ein Teil der Kinder verlässt den Raum, die anderen verstecken im Raum die Sterne und machen das Licht aus. Dann werden die Kinder hereingerufen und suchen die Sterne. Sind alle Sterne gefunden, gehen die anderen Kinder vor die Tür.

Märchentipp zu diesem Spiel: Sterntaler

Sich grün und blau ärgern

Material: Malpapier, Blatt mit Anleitung, Farbstifte

Durchführung: Je nach Alter wird der Text vorgelesen oder die Kinder lesen selbst.

Ich bin ein Schreckgespenst.
Bitte male mich:
Ich habe einen runden, großen Kopf.
Meine gelben Haare stehen in die Luft.
Die Ohren sind spitz und blau vor Ärger.
Meine Augen sind kugelig und können böse schauen.
Mein Mund ist groß.
Natürlich strecke ich meine Zunge heraus!
Meine Zähne sind sehr spitz.
Ich bin dick und brauche jetzt noch Arme und Hände.
Meine Finger haben rote Krallen.
Jetzt fehlen noch Beine. Meine Füße sind groß und schwarz.
Ich bin ganz grün mit blauen Punkten, wenn ich mich geärgert habe.

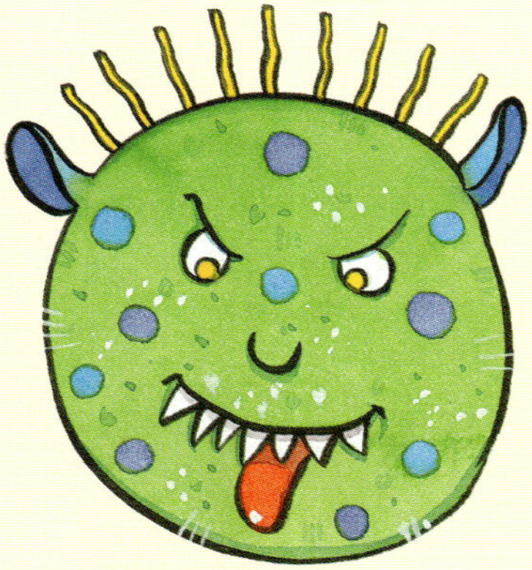

Weitere Möglichkeiten:

- Die Kinder überlegen, welche Farben und Punkte das Schreckgespenst haben könnte, wenn es fröhlich ist.
- Die Kinder erfinden selbst ein Schreckgespenst.
- Leporello herstellen: Die Kinder entwerfen verschiedene Schreckgespenster für unterschiedliche Stimmungslagen, evtl. formulieren sie kurze Texte dazu. Ein Blatt der Länge nach in der Mitte falten, durchschneiden, den Streifen in vier gleiche Felder einteilen und wie eine Ziehharmonika falten. So entsteht ein Klappbuch. Nun das Buch bemalen bzw. beschriften.

Trauer braucht Heimat

Hintergrund

Wenn Kinder trauern

Das starke Gefühl der Trauer, die Ambivalenz der Gefühle verunsichert. Durch Rollenmodelle erfahren Kinder, dass es anderen auch so ergeht, dass ihre Gefühle normal sind. Dies gibt ihnen ein Stück Sicherheit in der Haltlosigkeit der Trauer. Häufig werden Kinder aus falsch verstandener Fürsorge von Tod und Trauer ferngehalten. Sie bleiben allein mit ihrer Trauer, der Verlust kann nicht bearbeitet werden. Kinder brauchen den Halt in der Trauergemeinschaft. Wer erleben durfte, ich kann traurige, bedrohliche Situationen aushalten, Ausdruck dafür finden und verarbeiten, wird dem Gefühlschaos der Trauer nicht hilflos ausgeliefert sein. Er kann sogar gestärkt und im Vertrauen auf seine Kräfte mit dem Verlust leben. Kinder brauchen Symbole, Rituale und Geschichten in der Auseinandersetzung mit dem Leben und dem Tod.

Geschichte

Rebekka und der Stern

Rebekka ist ein nettes, fröhliches Mädchen. Ihre große Schwester heißt Morgan. Sie leben nicht weit von der Stadt New York. Rebekkas Oma Luise kommt oft zu Besuch. Dann haben sie immer viel Spaß. Oma ist sehr lustig und sie liebt Hummer. Das ist ihre Lieblingsspeise. Hummer essen ist wie ein Fest, sagt Oma. Wenn Oma Luise Hummer isst, ist das für Rebekka fast ein kleines Abenteuer. Hummer essen ist sehr schwierig. Man kann nicht einfach reinbeißen, wie in einen Hamburger.

Eines Tages kommt Papa nach Hause. Hat er geweint? „Ich muss euch etwas sagen." Alle sitzen im Wohnzimmer und Papa erzählt, dass Oma Luise gestorben ist.

Rebekka ist sehr traurig. Sie kann nur noch weinen. Sie kann nicht spielen und essen kann sie auch nicht viel. Oma wird nie wieder zu Besuch kommen! Rebekka fühlt, dass ihr Herz zerbricht. Das tut sehr weh!

Nach einigen Tagen bekommt Rebekka Post aus Deutschland. Es ist ein Brief ihrer Tante. Sie schreibt:

Liebe Rebekka,

als mein Opa gestorben ist, war ich sehr traurig und konnte nur noch weinen. Nie wieder würde er zu Besuch kommen. Ich konnte nicht schlafen, ich konnte nicht lachen. Ich konnte nicht zur Schule gehen und ich konnte nicht spielen. Essen konnte ich auch nicht viel. Ich fühlte, dass mein Herz zerbricht. Es tat sehr weh! Aber mit der Zeit fühlte ich, dass mein Herz wieder ganz wurde. Denn als mein Opa starb, sagte er mir, dass jeder Mensch einen Stern hat. Dieser Stern leuchtet ganz hell für ihn und die Menschen, die er lieb hat. Eines Abends entdeckte ich einen Stern. Ich hatte das Gefühl, er war schöner und heller als alle anderen Sterne am Himmel. Er konnte bis in mein Herz leuchten. Ich schloss die Augen und es wurde hell und warm in mir. Der Stern schenkte mir Erinnerung.

Rebekka fragt ihren Papa: „Was ist ‚Erinnerung schenken'?" Abends gehen Papa und Rebekka in den Garten. Der Himmel ist voller Sterne. Papa sagt: „Welcher Stern ist der schönste?" – „Der!" Rebekkas Finger zeigt nach oben zum Himmel. Sie hat das Gefühl, ein Stern leuchtet direkt in ihr Herz.
Es ist warm und hell dieses Gefühl.
Papa und Rebekka sitzen auf der Gartenbank. „Schließ die Augen", sagt Papa. Rebekka kann Oma Luise sehen. Sie sieht, wie sie zusammen Spaß hatten, wie es war, wenn Oma zu Besuch kam und natürlich wie Oma Luise Hummer aß.
Sie denkt ganz fest an Oma Luise und sie ist traurig und glücklich dabei. Ein komisches Gefühl.
„Schenkt mir der Stern jetzt Erinnerung?" Papa nickt, er lacht und weint gleichzeitig. Rebekka drückt ihren Papa fest. Dann geht sie ins Haus und malt einen Stern, um ihn morgen auf Omas Grab zu bringen.
Bald kann Rebekka wieder besser schlafen, sie kann wieder lachen und spielen. Essen kann sie auch wieder. Manchmal ist sie traurig. Manchmal ist sie traurig und froh zu gleich. Manchmal ist sie froh. Manchmal sitzen Rebekka, Morgan, Mama und Papa auf der Gartenbank, sehen zum Sternenhimmel über der großen Stadt und schließen ihre Augen. „Denkt ihr, die Sterne da oben mögen Hummer?", flüstert Rebekka. „Vielleicht", meint Papa leise.

Edda Reschke

Stern für ein Grab

Material: Metallfolie, Bastelschere, wasserfeste Farben, Bleistift

Durchführung: Den Stern auf die Metallfolie zeichnen und ausschneiden. Auf den Stern kann der Name des Verstorbenen geschrieben werden, liebe Worte für ihn oder etwas gemalt werden.

Gefühlewürfel

Material: weißes Tonpapier, Stifte, Schere, Lineal, Klebstoff, Schablone für Würfel

Durchführung: Auf den ausgeschnittenen Grundriss des Würfels werden traurige, fröhliche, nachdenkliche, zornige u. a. Gesichter gemalt, dann wird der Würfel zusammengeklebt.
Jeder Teilnehmer würfelt und ordnet eine Textstelle von Rebekkas Geschichte zu.
Der Würfel kann auch für andere Themen eingesetzt werden, z. B. wann bin ich wütend, wann froh?

Gestalten

Erinnerungsposter

Material: großer Bogen Tonpapier, Farben

Durchführung: Jedes Kind malt oder schreibt etwas für oder über den Verstorbenen auf das Tonpapier. Dieses Angebot kann im Stuhlkreis durchgeführt werden oder das Poster hängt im Gruppen- bzw. Klassenraum an einen bestimmten Ort und jedes Kind malt oder schreibt nach Bedürfnis etwas darauf.

Aktion

Vulkankeller

Wut als ein wichtiger Teil der Trauerarbeit muss gelebt werden können. Im sogenannten Vulkankeller (Dominotrauerzentrum/Bergisch Gladbach) können sich die Kinder gegenseitig mit „Zornziegeln und Wutbrocken“ aus Schaumstoff bewerfen.
Benötigt wird für den Vulkankeller oder Wutraum ein geeigneter, abgetrennter Raum und Schaumstoffteile. Auch für andere Krisen- und Problembewältigungen (z. B. sexueller Missbrauch) ist das Ausleben von Wut ein wichtiger Prozess.

Kinder stark machen gegen sexuellen Missbrauch

Hintergrund

Präventive Maßnahmen

Die Strukturen sexuellen Missbrauchs sind kompliziert und vielschichtig. Viele Kinder werden missbraucht von Menschen, denen sie vertrauen, die sie lieben, von denen sie abhängig sind.
Berufspädagogen und Lehrkräfte verbringen viel Zeit mit Kindern. Ihnen kommt somit eine präventive Aufgabe zu und sie zählen zu den Personen, denen Kinder sich anvertrauen. Alle Angebote des Buches stärken Kinder grundsätzlich in ihrer Persönlichkeitsentwicklung und können somit auch in diesem Bereich präventiv wirken. Untersuchungen bestätigen, dass die erste Reaktion des Kindes gegenüber potenziellen Tätern entscheidenden Einfluss haben kann.

Prävention ist Teil alltäglicher Erziehung und beinhaltet:

- einen demokratischen und wertschätzenden Erziehungsstil
- einen offenen, vertrauensvollen Umgang
- kindzentrierte Erziehung zur Selbstständigkeit
- Gefühle ernst nehmen
- in altersgemäßer Sprache aufklären
- Grenzen vermitteln
- das Recht des Kindes, selbst Grenzen zu setzen, unangenehme Berührungen zurückzuweisen
- Aufklärung über Hilfsmöglichkeiten durch Bilderbücher, Rollenspiele usw. in angstfreier Atmosphäre (Viele Selbsthilfegruppen bieten Prävention ab dem Kindergarten an.)
- Erlaubnis, über schlechte Geheimnisse zu sprechen
- Erlaubnis, Regeln zu brechen, um sich selbst zu schützen, z. B. bei Gefahr darf man lügen

Das Unfassbare ist geschehen

Handlungsstrategien für Pädagogen:

- sich selbst fachlich kompetente Unterstützung suchen
- Ruhe bewahren und dem Kind glauben
- es loben für den Mut, über den Missbrauch zu berichten, nicht fragen, warum es das nicht früher getan hat, also keine Vorwürfe diesbezüglich machen
- dem Opfer versichern, dass es absolut keine Schuld trifft und dass niemand ihm das antun darf
- das Kind nicht drängen und ausfragen, aber ihm signalisieren, dass es über seine Erlebnisse sprechen darf
- weitere Schritte mit dem Kind überlegen und absprechen, z. B. „Du musst nicht mehr zur Turnstunde."
- den Täter/die Täterin nicht (zu früh) ansprechen oder anzeigen, vorschnelles Handeln kann dem Opfer schaden. Hilfe von Selbsthilfegruppen, Erziehungsberatungsstellen einholen, rechtlich gesehen werden handfeste Beweise gebraucht, um das Kind zukünftig zu schützen! Besonders wenn es sich um Missbrauch im engeren Familienkreis handelt, sind Berufspädagogen auf die Unterstützung von Fachkräften angewiesen.

Sinneswahrnehmung und Körpererfahrung

Körperliche Beobachtungen, Empfindungen, Schutzmechanismen und Wahrnehmungen haben eine zentrale Bedeutung: Überleben! Sie werden bei missbrauchten Kindern geschädigt oder zerstört. Übungen zur Sinnes- und Körperwahrnehmung fördern das Vertrauen in sich selbst, in die eigene Wahrnehmung, die eigenen Fähigkeiten und den eigenen Körper. Ein wesentlicher Aspekt ist ein positives Körpergefühl. Missbrauchte Kinder haben keine gesunde Beziehung zu ihrem Körper, lehnen ihn häufig ab. Nicht immer finden wir die richtige Übung (gerade bei Stilleübungen), d. h. Kinder sollen zu Übungen nicht gezwungen werden. Ein Ablehnen kann auch sinnvoller Schutz sein, da das Kind bestimmte Situationen nicht ertragen kann.

Komm mir nicht zu nahe!

Lerninhalte: persönlichen Freiraum definieren, Wohlbefinden

Die Kinder bilden Paare. Ein Kind steht am gleichen Ort und das andere kommt von vorne auf das Kind zu. Es darf sich nur so lange nähern, bis das stehende Kind „Stopp!“ ruft.

Variationen: Ein Kind sitzt, kniet oder liegt, während sich das andere nähert. Dies kann auch von der Seite oder von hinten geschehen.

Fangspiel

Lerninhalte: Stimme einsetzen, Hilfe leisten, Hilfe erhalten

Für das Spiel werden drei kleine Stoffbälle (oder andere weiche Bälle) benötigt, die an drei Kinder verteilt werden. Ein weiteres Kind ist der Fänger. Die Kinder, die einen Ball haben, können nicht gefangen werden. Ist ein anderes Kind gefährdet, ruft es: „Feuer!" Die Ballkinder helfen ihm, indem sie ihm einen Ball zuwerfen oder übergeben.

Tastmemory

Material: vorgeschnittene Kärtchen (aus Tonkarton), Stoff-, Woll-, Fellreste, Reste von Fußbodenbelägen oder Tapeten, Naturmaterial, Reis, Linsen usw., Augenmaske oder Schal

Durchführung: Je zwei Kärtchen mit dem gleichen Material bekleben. Die Spielregeln sind die gleichen wie beim gewohnten Memoryspiel, nur dass die Spieler die Augen geschlossen oder verbunden haben.

Tast-Ratespiel

„Rumpel, pumpel, Hollerstock, wie viel Hörner hat der Bock, wie viel Finger steh'n?"
Ein Kind sitzt verkehrt herum auf einem Stuhl. Ein anderes steht hinter ihm und klopft mit seinen Handflächen sacht auf den Rücken des sitzenden Kindes. Bei der Frage „... wie viel Finger steh'n?", lässt es eine bestimmte Anzahl Finger auf dem Rücken „stehen", welche erraten werden muss.

Varianten: Buchstaben, Wörter oder Zahlen auf den Rücken schreiben.

Atemübungen

Die Kinder liegen auf dem Rücken auf dem Boden (Matte, Decke). L spricht:

Wir atmen frische Luft.
Sie ist mit Sonnenlicht gefüllt.
Das Sonnenlicht wärmt uns.
Wir atmen wieder ein und aus.

Wir atmen frische Luft.
Sie ist mit Sternenlicht gefüllt.
Das Sternenlicht macht es hell in uns.
Wir atmen wieder ein und aus.

Wir atmen frische Luft.
Sie ist gefüllt mit Meeresrauschen.
Das Meer macht uns frisch und klar.
Wir atmen wieder ein und aus.

Wir atmen frische Luft.
Sie ist gefüllt mit dem Laub des Baumes.
Der Baum schenkt uns Halt und Kraft.
Wir atmen wieder ein und aus.

Weitere Verse erfinden.

Übergänge in neue Lebensabschnitte

Hintergrund

Fragen und Ängste

Der Übergang in einen neuen Lebensabschnitt eines Kindes bedeutet mehr Autonomie, das Loslassen von Bezugspersonen und er ist auch mit neuen Herausforderungen verbunden. Übergänge werfen Fragen und Ängste auf: Wie mag es im Kindergarten sein? Wie geht das ohne Mama/Papa? Wie ist die Lehrerin? (vgl. das Märchen „Hänsel und Gretel")

Ich komme in die Schule

Mit dem Eintritt in die Schule bekommt das Lernen eine andere Bedeutung: Ein anderes Lernverhalten wird erwartet, Leistungserwartungen werden bewertet, das Kind befindet sich in einer Lerngruppe. Kinder haben falsche und richtige Vorstellungen oder noch gar keine Vorstellung. Ein regelmäßiger Kontakt zwischen der Kindertagesstätte/dem Kindergarten und der Grundschule erleichtert den Übergang zur Schule. Dazu gehören gemeinsame Feste und Projekte: Kunstausstellungen, gemeinsame Bücherei, Schulkinder als Lesepaten, Kindergartenkinder dürfen den Unterricht besuchen usw.

Schule spielen

Im Kindergarten wird eine Ecke als Schule eingerichtet. Hier können sich die Kinder mit Zahlen, Buchstaben und entsprechenden Rollenspielen beschäftigen.

Interview

Ausgestattet mit Kassettenrekorder und Mikrofon, befragen Kinder Erwachsene nach ihrem ersten Schultag.

Gebet

Guten Morgen, lieber Gott!
Heute soll der Tag gut beginnen.
Es ist mein erster Schultag.
Ich freue mich und ich habe Angst.
Begleite du mich heute wie an jedem Tag.
Amen.

Anna, 6 Jahre

Bibliografische Information der Deutschen Nationalbibliothek

Die Deutsche Nationalbibliothek verzeichnet diese Publikation in der Deutschen Nationalbibliografie; detaillierte bibliografische Daten sind im Internet über http://dnb.d-nb.de abrufbar.

Das Gesamtprogramm des Lahn-Verlags finden Sie im Internet unter www.lahn-verlag.de

ISBN 978-3-7840-3505-5

Umschlagillustration: Eve Jacob, Baden-Baden
Umschlaggestaltung: Elisabeth von der Heiden, Geldern
Schriftsatz, Notensatz und Reproduktion:
Kontrapunkt Satzstudio Bautzen
Druck und Bindung: völcker druck, Goch